Marie-Danielle Croteau

Mon chat est un oiseau de nuit

Illustrations
de Bruno St-Aubin

Les éditions de la courte échelle inc.

Les éditions de la courte échelle inc.
5243, boul. Saint-Laurent
Montréal (Québec) H2T 1S4

Conception graphique:
Derome design inc.

Révision des textes:
Andrée Laprise

Dépôt légal, 1er trimestre 1998
Bibliothèque nationale du Québec

La courte échelle est inscrite au programme de subvention globale du Conseil des Arts du Canada et bénéficie de l'appui de la SODEC.

Données de catalogage avant publication (Canada)

Croteau, Marie-Danielle

Mon chat est un oiseau de nuit

(Premier Roman; PR67)

ISBN 2-89021-312-9

I. St-Aubin, Bruno II. Titre. III. Collection.

PS8555.R618M63 1998 jC843'.54 C97-941236-6
PS9555.R618M63 1998
PZ23.C76Mo 1998

Marie-Danielle Croteau

Marie-Danielle Croteau est née en Estrie. Après des études en communication et en histoire de l'art, elle travaille dans le domaine des communications, puis se consacre pleinement à l'écriture.

Depuis une douzaine d'années, elle réalise ses deux grands rêves: écrire et voyager. Avec son mari et ses deux enfants, elle a vécu en France, en Afrique et dans les Antilles. Elle a même fait la traversée de l'Atlantique à bord de leur voilier *Le Mouton noir*. Après une escale de trois ans dans la région de Vancouver et un court séjour en Alaska, elle est en route pour l'Amérique centrale et les îles du Pacifique Sud.

Marie-Danielle Croteau a écrit pour les jeunes et les adolescents dans les collections Premier Roman, Roman Jeunesse et Roman+. Certains de ses titres sont traduits en anglais. Elle est également auteure de romans pour adultes dont *Le grand détour*, paru dans la collection Roman 16/96. *Mon chat est un oiseau de nuit* est le huitième roman pour les jeunes qu'elle publie à la courte échelle.

Bruno St-Aubin

Bruno St-Aubin a fait des études en graphisme au collège Ahuntsic, puis en illustration à l'*Academy of Art College* de San Francisco, et enfin en cinéma d'animation à l'Université Concordia. Depuis, il illustre des contes pour enfants et des romans jeunesse. On peut voir ses illustrations au Québec et dans certains pays francophones. Bruno St-Aubin s'amuse aussi à faire du théâtre de marionnettes. Aujourd'hui, il habite à la campagne avec sa petite famille. C'est un amoureux de la nature qui profite à plein temps de la vie. Il adore, par exemple, descendre en canoë les rivières sauvages... *Mon chat est un oiseau de nuit* est le troisième roman qu'il illustre à la courte échelle.

De la même auteure, à la courte échelle

Collection Albums

Série Il était une fois:
Un rêveur qui aimait la mer et les poissons dorés

Collection Premier Roman

Le chat de mes rêves
Le trésor de mon père
Trois punaises contre deux géants

Collection Roman Jeunesse

De l'or dans les sabots

Collection Roman+

Un vent de liberté
Un monde à la dérive
Un pas dans l'éternité

Marie-Danielle Croteau

Mon chat est un oiseau de nuit

Illustrations
de Bruno St-Aubin

la courte échelle

Pour Miguel et Jessie, que j'ai empruntés librement à la vraie vie.
Pour le personnel et les élèves de l'école Anne-Hébert, qui ont été au coeur de la longue escale de Vancouver.

1
Jaki Supermamie

Vus de dos, nous devions ressembler à une forêt l'automne. Il y avait Miguel, le Bolivien aux cheveux noirs. Ensuite Jessie, le Belge rouquin. Et puis moi, Fred le Québécois, aussi blond que la fille du calendrier au garage de ma grand-mère Jaki.

Assis côte à côte dans l'escalier, nous discutions d'un problème qui me préoccupait. Depuis quelques jours, Ric, mon chat, passait ses nuits dehors. Quand il rentrait, c'était uniquement pour dormir. Il mangeait à peine. Il ne jouait plus.

En plus, je n'étais pas chez moi. Je passais l'été à Vancouver, chez ma grand-mère Jaki. J'adore mamie, mais sans mon chat, je ne suis plus Fred-et-Ric. Je redeviens Fred, seulement la moitié d'une personne. Aussi bien dire que je rapetisse.

Ce matin-là, j'avais dit à ma

grand-mère que cette histoire commençait à me rendre malade. Alors elle avait appelé Miguel et Jessie à mon secours. Ils habitent le même quartier qu'elle et nous étions rapidement devenus amis.

— Si on ouvrait une enquête? a proposé Jessie.

Lui qui adorait les intrigues, il trouvait qu'on avait là un bien beau cas.

— À moins que tu ne renvoies Ric à Montréal, a suggéré Miguel.

Il n'en était pas question. Pas avec tout le mal de chien que je m'étais donné pour obtenir ce chat.

— Vous permettez? a demandé ma grand-mère qui apportait le goûter.

Elle s'est assise avec nous, sur

Los Angeles

une marche. Ça faisait un arbre de plus dans notre forêt. Celui-là était gris et c'était un arbre fruitier. Mamie, comme toujours, portait sa coiffure queue de pomme.

— Jessie a raison, a-t-elle reconnu. Il faut faire une enquête.

Puis, remontant sur son nez minuscule ses minuscules lunettes rondes, elle a ajouté:

— Supposons que ton chat se soit fait une petite amie, Fred. Tu ne voudrais tout de même pas l'empêcher d'être heureux, n'est-ce pas?

— Ric, amoureux d'une chatte anglaise?

— Pourquoi pas? La chienne de mon garagiste s'est bien amourachée d'un berger allemand!

Grand-mère Jaki a croqué un biscuit avant de poursuivre:

— Si Miguel et Jessie restaient à coucher, vous pourriez commencer par une filature. Qu'est-ce que vous en pensez?

— Ma mère ne veut pas que je sorte le soir, a répondu Miguel.

Il s'exprimait très lentement et roulait ses «r» comme il l'aurait fait en espagnol. Quand il parlait, on aurait dit qu'il chantait.

— Ne t'en fais pas, l'a rassuré mamie. Je vais l'appeler.

— Tu pourrais lui expliquer que tu es notre chef, a fait Jessie en gesticulant.

Il était tout le contraire de Miguel. Aussi nerveux que le Bolivien était calme, aussi mince que l'autre était costaud.

— C'est vrai, ai-je admis. Il nous faut un chef.

— Ou une chèvre, a répliqué Miguel.

Il faisait parfois de drôles de fautes de français. On a tous ri, mais on était d'accord avec lui. Avec son déguisement de Supermamie, ma grand-mère serait parfaite à la tête de notre troupe.

La veille, elle avait porté cette tenue pour accueillir ses partenaires de bridge. En la voyant, les trois vieilles Anglaises avaient failli s'étouffer.

Des leggings mauves, des patins roses à paillettes dorées et un casque protecteur imitation tortue Ninja. Le tout accompagné d'une petite cape luisante et légère, de couleur vert fluo. Elle ressemblait à la fourmi atomique des dessins animés.

— Avec ça, a argumenté Miguel, personne ne te reconnaîtra!

Il essayait de convaincre Jaki qui se faisait tirer l'oreille. Elle se trouvait trop vieille pour se lancer dans une chasse aux chats.

— D'accord, a-t-elle répondu enfin. Puisque vous insistez...

Elle s'est levée, a secoué sa jupe pleine de miettes de biscuits:

— ... je serai votre chèvre...

2
Une rue sans issue

À vingt-trois heures, Ric s'est finalement décidé à sortir. Il était temps! Nous dormions presque sur le divan, patins aux pieds et casque sur la tête. Heureusement, Jaki veillait.

Aussitôt, branle-bas de combat. Pour éviter de faire du bruit, nous avons descendu l'escalier sur le fond de culotte. Après, nous avons traversé la rue en marchant, avec Jaki qui faisait la brigadière scolaire.

Quand nous sommes arrivés sur la piste cyclable, Ric avait disparu. Regarde à gauche, inspecte à droite: aucune trace. Nous ne savions pas du tout où aller.

Ma grand-mère a tranché:

— Nous allons explorer dans cette direction, a-t-elle lancé en indiquant la droite. Si nous ne trouvons rien, nous essaierons autre chose demain.

Nous sommes partis. Personne ne parlait.

Nous avions besoin de tout notre souffle pour suivre mamie. À cette heure, il n'y avait aucun obstacle sur la piste et elle avançait constamment. Pas à une vitesse folle, mais sans arrêt. C'était épuisant.

Nous avons roulé pendant une vingtaine de minutes sans rien apercevoir. Soudain, une ombre noire s'est détachée du rivage et est passée entre nos jambes.

Aucun doute, c'était un chat. Mais de là à affirmer qu'il s'agissait de Ric, il y avait une marge. L'animal avait filé à la vitesse de l'éclair, léger comme la brise du soir.

Malgré notre incertitude, nous l'avons suivi. Courir après cette ombre ne valait-il pas mieux que courir après rien du tout? Et qui sait si, de chat en chat, nous ne retrouverions pas le mien?

Pendant une demi-heure, nous avons zigzagué dans les rues sur les traces du chat fantôme. Tantôt, c'était une poubelle renversée qui nous guidait. Tantôt, c'était un miaulement aigu.

Et puis, au bout d'une ruelle sans issue, plus rien.

La maisonnette grise qui

se trouvait là était endormie comme toutes les autres. Peut-être même un peu plus. Elle était si penchée que le soleil ne devait jamais l'atteindre tout à fait.

— On dirait une maison hantée, a chuchoté Jessie. Je parie qu'il y a une sorcière qui habite là. C'est peut-être son chat que nous avons suivi. Ça expliquerait qu'il ait disparu tout d'un coup. Il a dû passer à travers le mur!

— Allons, les enfants! a vite répliqué mamie. Vous allez faire des cauchemars! Rentrons!

Aucun de nous n'aimait cet endroit et nous étions pressés d'en partir. Mais nous avions tous soif et nous avons décidé de boire un peu. Grand-mère s'est retournée pour nous laisser prendre les gourdes qu'elle transportait dans son sac à dos.

À cet instant précis, nous avons entendu un grincement lugubre dans la nuit. Nous avons regardé en direction de la maison. La porte du côté se refermait tranquillement. Une silhouette noire et blanche venait d'y entrer...

3
Alertez les pompiers!

J'ai très mal dormi. J'étais hanté par des images d'horreur. Ric tout trempé, se débattant pour sortir d'un grand chaudron de sorcière. Mon pauvre chaton ficelé, torturé, dépecé. Dans mon rêve, j'ai hurlé et ce cri m'a réveillé.

Il était sept heures. J'ai cherché mon chat sans bruit, pour ne pas réveiller les autres. Ric n'était pas là. C'est vrai qu'il avait l'habitude de revenir vers les huit heures.

Alors, j'ai décidé d'aller l'attendre dehors. J'ai traversé

l'avenue Beach et je me suis retrouvé sur la piste qui borde English Bay. Il faisait beau. Les rayons du soleil, en touchant l'eau, formaient de petites étoiles dorées.

Si j'avais pu, je les aurais pelletées. Ainsi, j'aurais rempli le trou noir qui s'était creusé en moi pendant la nuit. Mais je ne le pouvais pas, alors j'ai continué à appeler mon minet. Pas de réponse.

À huit heures, je suis retourné à la maison.

Jessie et Miguel dormaient encore. Ma grand-mère s'affairait dans la cuisine. Je me suis assis sur un tabouret et je lui ai raconté mes cauchemars. Jaki m'a serré dans ses bras.

— Quand Miguel et Jessie seront réveillés et auront déjeuné, a-t-elle promis, nous retournerons là-bas. Tu verras bien que tu te fais des peurs pour rien. Les sorcières n'existent pas et Ric n'est sûrement pas prisonnier. Allons donc! Quelle histoire!

À neuf heures, mes amis ronflaient toujours et je commençais à m'affoler. Ric n'était pas revenu. Il courait un grave danger, j'en étais certain. Il fallait faire quelque chose! Malheureusement, grand-mère refusait de déranger mes amis.

— Ils ont besoin de repos, insistait-elle. Laisse-les aller au bout de leur sommeil si tu veux qu'ils soient en forme.

Alors, pendant qu'elle avait le dos tourné, j'ai fait tomber un pot plein de cuillers à thé. Mes amis se sont réveillés.

— Dépêchez-vous! les ai-je suppliés. Ric est en danger!

Urgence ou pas, Miguel a pris le temps d'avaler deux bols de céréales. Avec des tranches de banane, en plus!

— Ne t'énerve pas comme ça, Fred! répétait-il sans cesse pendant que je tournais en rond. Les bons détectives doivent conserver leur sang-froid!

À mon avis, ce n'était plus un problème de détective, mais un problème de pompier! Puisque personne ne semblait le comprendre, j'ai chaussé mes patins. Je suis sorti et j'ai roulé de long en large sur le balcon.

Que-tlounk, que-tlounk, que-tlounk: ça faisait un bruit insupportable, à cause des planches. Jaki et compagnie n'ont pas résisté longtemps. Ils sont arrivés au bout de quelques minutes, casqués, gantés et les patins aux pieds.

— Allons-y, a soupiré grand-mère, l'air découragé.

Nous n'étions pas aussi rapides que la veille. Trop fatigués. Il y avait aussi la chaleur et l'affluence. La piste était pleine de gens en vacances.

Les touristes déambulaient en mangeant des glaces. Ils regardaient la mer, prenaient des photos. Nous, nous avions d'autres chats à fouetter. Nous étions pressés.

Nous avons fini par atteindre la ruelle sombre où se dressait la maison grise. C'était bien comme je l'avais imaginé la veille: le soleil n'arrivait pas jusque-là. L'endroit était aussi sinistre en plein midi qu'en pleine nuit.

— Et maintenant? a demandé mamie en se tournant vers moi. Qu'est-ce que tu comptes faire?

C'est fou, mais je n'avais pas vraiment réfléchi à cette question. Devais-je aller frapper à la porte et réclamer mon chat? Tout simplement? Ou jouer l'enfant perdu et demander d'utiliser le téléphone, histoire d'examiner les lieux?

— Si tu veux mon avis, a dit Jessie, nous devrions commencer par surveiller la maison. Il faudrait trouver un endroit où nous cacher.

— Il suffit d'être assez loin pour ne courir aucun risque. Et assez près pour voir ce qui se passe ici, a ajouté grand-mère.

— On peut utiliser ceci, a proposé Miguel en exhibant fièrement ses jumelles miniatures.

Il les gardait dans un étui, à sa taille, sous son tee-shirt. Personne ne les avait remarquées.

— Alors notre problème est réglé, a répondu Jaki avec son

sourire des grandes occasions, celui qui ressemble à une banane. Enlevez vos patins, mettez vos chaussures et suivez-moi!

Dix minutes plus tard, nous étions installés à trois rues de là, chez une amie de mamie. De son balcon au dixième étage, nous avions une vue imprenable sur la ruelle.

— Regarde! s'est écrié Miguel au bout d'un quart d'heure.

Mme Chisholm venait de nous servir une glace énorme arrosée de sirop de chocolat.

Il a retiré ses jumelles et me les a tendues.

— Ton chat vole!

Dans son énervement, il avait escamoté quelques mots. Il voulait dire: quelqu'un vole ton chat.

Je lui ai presque arraché les jumelles des mains. J'ai fait la mise au point et j'ai regardé ce que mon ami me désignait.

Quelqu'un se dirigeait vers une cabane située derrière la maison, mon chat dans les bras. Il y est entré et y est resté un instant. Quand il en est ressorti, il était tout seul.

4
Mamma mia!

Il fallait que je réagisse. Sans attendre ma grand-mère et mes amis, je suis parti. L'ascenseur était occupé, alors j'ai emprunté l'escalier. Dix étages, c'est long! Avec tous ces tournants, ça donnait le tournis. J'étais complètement étourdi en arrivant en bas.

Je suis parti dans la mauvaise direction.

J'ai couru pendant une quinzaine de minutes avant de me rendre compte que je m'étais égaré. Jusque-là, je n'avais rien reconnu, mais c'était normal. La veille, Miguel, Jessie et moi avions suivi Jaki en parlant de sorcières. Pas en essayant de retenir la route!

C'est en apercevant un poste de police que j'ai compris mon erreur. Nous n'étions pas passés par là, j'en étais certain. Nous n'aurions jamais raté l'occasion de nous conter des peurs au sujet des policiers.

J'étais donc bel et bien perdu.

Depuis le début des vacances, j'avais appris des tas de choses, mais pas à parler anglais. Comment faire pour expliquer mon problème?

Je me suis assis sur le trottoir et j'ai attendu qu'un miracle survienne. Les gens qui entraient ou sortaient du poste m'ébouriffaient les cheveux et disaient: «Hi!»

Je gardais les yeux rivés sur ma montre. Je comptais le temps que ça prend pour qu'un miracle arrive. Je répondais: «Hi!» et les personnes continuaient leur chemin. Sans m'aider.

Douze minutes et cinquante-neuf secondes plus tard, j'ai vu approcher une paire de chaussures noires et blanches. Elles m'ont rappelé Ric. Mon coeur s'est serré. Il était prisonnier et moi j'étais perdu. Quel méli-mélo!

— Mamma mia! ai-je entendu. C'est bien le petit-fils de Jaki! Qu'est-ce que tu fais là?

J'ai relevé la tête:

— Alfonso!

C'était le garagiste de ma grand-mère, l'Italien qui fait l'entretien de ses patins à roulettes. Je l'avais rencontré deux ou trois fois depuis mon arrivée à Vancouver.

Je lui ai raconté mon histoire. Alfonso s'était fait voler son autoradio. Il venait porter plainte au poste de police. Tant pis, il me raccompagnerait avant.

Étant donné que j'étais perdu, je ne pouvais pas lui dire où aller. Nous sommes retournés au point de départ, chez mamie. Puis nous avons refait le parcours jusqu'au coin de la ruelle.

Alfonso m'y a déposé et il est reparti aussitôt. J'ai marché vers la maison grise. J'étais sûr de trouver ma grand-mère et mes amis blottis derrière un arbre ou dans le fossé.

À ma grande surprise, ils n'y étaient pas. Sans doute avaient-

ils voulu finir leur glace avant de quitter Mme Chisholm. Dommage, mais je ne pouvais pas les attendre pour passer à l'attaque.

J'ai couru jusqu'à la porte et

j'ai frappé à coups de poing. Peu m'importait désormais les sorcières et les dangers. Je voulais récupérer mon chat. Coûte que coûte!

J'ai frappé, frappé comme un fou. Jusqu'à ce que quelqu'un vienne ouvrir. J'ai alors reçu le choc de ma vie.

5
Le cerveau en Jell-o

Derrière la porte entrouverte, une petite fille me dévisageait en silence. Ses cheveux bruns bouclés descendaient jusqu'à sa taille. Elle portait une robe rouge fleurie, froissée et usée à la corde, mais aussi jolie que celle qu'elle habillait.

Ses grands yeux brun clair, bordés de cils très noirs et très longs, accentuaient la lumière de son regard. Elle n'était pas du tout la sorcière que j'avais imaginée. Au contraire, j'avais l'impression de me trouver devant une fée.

Mon coeur résonnait dans ma poitrine comme les tambours d'un cirque, avant le numéro du funambule. Et le funambule, c'était moi. Je marchais sur un fil étroit, très haut dans les airs. Si j'ouvrais la bouche, je risquais de tomber.

La colère m'avait conduit jusqu'à cette porte. À présent, j'étais mou comme une guimauve oubliée au soleil. Il fallait que je me reprenne. Sans doute m'avait-on jeté un sort, tout comme à Ric. J'ai fait un effort immense et j'ai balbutié:

— Qu'est-ce que tu as fait à mon chat? Où est-il?

— De quel chat parles-tu? a-t-elle demandé.

La petite fille parlait français, elle aussi. Avec un accent étrange. Sa voix était douce, chantante comme celle de Miguel.

— Le chat noir et blanc que tu as enfermé dans la cabane!

— Je n'ai enfermé aucun chat. Va voir, si tu ne me crois pas. La porte n'est pas verrouillée!

J'aurais dû me précipiter, mais j'étais cloué sur place. Je ne comprenais pas ce qui m'arrivait. J'étais certainement victime d'un lavage de cerveau: j'agissais de façon totalement illogique. Pis, je n'agissais pas du tout.

Un peu plus et je repartais les oreilles basses, comme un toutou qu'on punit. Ou un chiot, à qui on a marché sur la queue. Kail, kail, kail!

Heureusement, ma grand-mère est arrivée.

— Fred! s'est-elle écriée. Où étais-tu passé? Je suis partie de chez mon amie tout de suite après toi. Quand je suis arrivée ici, tu n'y étais pas! J'ai parcouru tout le quartier avant de me décider à revenir de ce côté...

Ensuite, ma grand-mère s'est tournée vers la petite fille et lui a tendu la main.

— Bonjour, je m'appelle Jaki.

— Et moi, Smaranda, a-t-elle répondu.

Smaranda! On aurait dit un nom de pierre précieuse... La petite fille a serré la main de Jaki et lui a souri. Puis elle s'est tournée vers moi et m'a tendu la main. À son contact, tout s'est mis à chauffer en dedans de moi. Un autre cas de pompier!

Un cas d'orthophoniste, également. Je sais ce que c'est, il y en a une à l'école. Je restais là, bouche bée, incapable de parler. C'est ma grand-mère qui m'a présenté.

— Nous cherchons le chat de mon petit-fils, a poursuivi Jaki. Est-ce que tu l'aurais vu, par hasard? Un minou noir et blanc. Nous en avons aperçu un dans les environs.

— Il y en a un ici, mais je ne sais pas si c'est le vôtre. Il est dans le poulailler.

Tout rouge, j'ai bégayé:

— Tu m'as dit que tu n'avais pas enfermé de chat!

— Je ne l'ai pas enfermé, non plus. Ce chat est libre de sortir.

— Peut-on le voir? a demandé grand-mère.

Elle m'a fait un clin d'oeil que je ne savais pas trop comment interpréter. Mamie comprenait-elle ma méfiance ou bien elle s'en moquait? Je n'ai pas pris de risque. J'ai décidé qu'elle nous demandait, à mes copains et à moi, de faire le guet.

On n'est jamais trop prudent!

6
Trois soldats devant Smaranda

Nous avons suivi Jaki du regard, jusqu'à ce qu'elle disparaisse dans le poulailler avec Smaranda. Alors j'ai donné le signal de départ à mes amis. Nous avons avancé, sur la pointe des pieds, vers une fenêtre située sur le côté du poulailler.

Miguel et moi, nous avons servi de tabouret à Jessie. C'est le plus léger de nous trois. Nous lui avons demandé de nous faire un rapport. Mais ça ne venait pas. Il restait là, grimpé sur notre dos, à ne rien dire d'autre que: «Ça alors!»

Eh bien ça alors, Miguel et moi on s'est regardés et on s'est compris. On l'a laissé tomber.

Comme dit mon père, il y a des limites à se laisser bouffer par les mites!

L'instant d'après, c'est moi qui me hissais sur le dos de Jessie et de Miguel. Jessie n'avait pas donné d'explication. Il avait seulement chuchoté, d'un air mystérieux: «Tu verras...»

J'ai collé mon nez contre la fenêtre. J'ai vu ce qui avait tellement étonné Jessie. Couché sur un nid de poule, Ric se laissait caresser la tête par la petite fille. Smaranda était assise sur les genoux de ma grand-mère. Comme si ces trois-là se connaissaient depuis toujours!

Incapable de me retenir, je me suis exclamé:

— Ça alors!

Aussitôt dit, aussitôt regretté.

Miguel, qui en avait assez de ne rien voir, s'est retiré et j'ai dégringolé. J'ai atterri dans un tas de paille. J'en avais plein les cheveux.

— Tu ressembles à un épouvantable, a fait Miguel. Tu vas faire peur aux oiseaux!

En même temps que moi, toute la tension des derniers jours venait de tomber. Je me suis mis à rire comme un fou et mes copains aussi.

Nous avons fait un tel tapage que Smaranda est sortie. Instantanément, nous nous sommes redressés. Trois soldats au garde-à-vous, un noir, un blond et un roux.

La petite fille a mis un doigt sur ses lèvres et nous a fait signe d'entrer. Doucement. Nous ne devions pas déranger Ric, il était occupé. Il couvait les oeufs d'une poule!

Ces oeufs avaient une grande valeur. La poule qui les avait pondus était d'une espèce très rare et très recherchée. Dans son pays d'origine, la mère de

Smaranda les faisait danser dans les marchés.

La mère de Smaranda était tzigane. Fuyant la Roumanie en crise, elle avait emporté sa fille, des vêtements, un coq et quatre poules.

Pendant le voyage sur le cargo, deux poules avaient succombé au mal de mer. La troisième était morte quelques mois après leur arrivée. Il ne restait, à Smaranda et à sa mère, qu'un lien fragile avec leur pays.

La quatrième poule constituait donc pour elles un bien inestimable. Elles l'avaient d'ailleurs baptisée Tezaur, qui signifie «trésor» en roumain. Quant au coq, il jouait son rôle de coq. Il était fier et bruyant, increvable fort heureusement.

Tezaur semblait s'être adaptée à sa nouvelle vie. Puis brusquement, sans qu'on sache pourquoi, elle était morte. Du coup, la mère de Smaranda était tombée malade. Comme si on lui avait arraché son tout dernier coin de pays.

Cela s'était produit dix jours plus tôt, peu après que Tezaur eut pondu ses oeufs. C'est alors que Ric était venu rôder dans les environs.

— Il a bien voulu m'aider, conclut Smaranda en caressant la tête de mon minet. Grâce à lui, nous allons sauver l'héritage de huit générations de Tziganes montreurs de poules. Et surtout, ma mère va guérir.

Elle avait fini de parler et pourtant, personne ne bougeait. Nous restions là, immobiles, à la regarder. Rien d'autre. Nous la contemplions, muets d'admiration.

Pas difficile de comprendre ce qui était arrivé à Ric. Il avait été ensorcelé par la petite Tzigane comme nous trois.

Nous quatre, en fait. Ma grand-mère avait, la première, succombé à son charme. Elle non plus n'arrivait pas à s'arracher à ce poulailler poussiéreux.

Il fallait pourtant rentrer. La mère de Miguel et celle de Jessie devaient bientôt venir les chercher.

— Dommage, dis-je en rougissant. Je serais bien resté un peu avec mon minou. Il m'a tellement manqué!

7
Un pique-bois qu'on n'oubliera pas

Le lendemain matin, je suis parti très tôt. En moins de vingt minutes, j'étais en face de la maison de Smaranda. J'avais battu tous mes records de vitesse, mais pas ceux de Jessie.

Il était déjà là, en train de retirer son casque.

Miguel, quant à lui, n'était pas loin derrière. Il est arrivé quelques minutes plus tard, son petit déjeuner dans un sac de papier.

— J'ai pensé faire un pique-bois, a-t-il bégayé en nous apercevant.

Il voulait dire un pique-nique

dans le bois, plus précisément à côté des trois cèdres près du poulailler. Mais dans sa hâte de s'expliquer, Miguel avait avalé la moitié des mots.

— Qu'est-ce que vous faites ici? a demandé une voix derrière nous.

Nous nous sommes retournés tous les trois d'un bloc. C'était Smaranda. Elle s'en allait jeter des épluchures de légumes dans le bac à compost. D'un seul geste, nous nous sommes précipités pour lui prendre son seau.

Elle s'est un peu moquée de nous, mais on l'a tout de même suivie. Nous avons passé la journée à lui tenir compagnie, pendant qu'elle-même tenait compagnie à Ric.

Mon chat couvait courageusement les oeufs de Tezaur. Il en avait encore pour presque deux semaines. Il me manquait beaucoup à la maison, mais au moins, finie l'inquiétude.

Et puis, je me sentais tellement fier! C'était grâce à lui que Miguel, Jessie et moi avions connu Smaranda. Grâce à lui, donc... grâce à moi! Cela me donnait un point d'avance sur les autres.

Ce point, je m'en suis abondamment servi les jours suivants. Pour entrer le premier dans le poulailler. Pour m'asseoir à côté de Ric, tout près de Smaranda. Parfois même pour arriver chez elle avant mes amis.

C'est ainsi que j'ai découvert, un beau matin, mon minet entouré de six petits poussins. Ric

faisait une drôle de tête. Il avait l'air surpris et heureux, un peu dépassé par les événements. Je crois bien qu'il souriait.

J'étais aussi énervé que mon père, le jour où mon petit frère Paul est né. J'ai couru avertir Smaranda qui venait à peine de se réveiller. Ensuite, j'ai remis mes patins et je suis retourné à la maison à toute vapeur.

Ma grand-mère n'était pas moins excitée que moi. Puisque mon chat avait servi de mère adoptive aux poussins, Jaki et moi avions un lien de parenté avec eux. Il fallait célébrer l'événement!

Nous avons préparé un panier de provisions et nous nous sommes rendus chez Smaranda. Au passage, nous avons pris Miguel et Jessie.

Nous avons fait un pique-bois inoubliable. En nous moquant des grimaces de Jessie et de mes histoires de sorcières. Mais pardessus tout, les fautes de Miguel nous faisaient tellement rire!

Smaranda craignait que notre ami bolivien en soit blessé. Mais il était si content de cette belle journée qu'il l'a rassurée:

— Laisse, Smaranda. Ça ne grave pas!

Oui, c'était vraiment une journée superbe. La mère de Smaranda est venue fêter avec nous. Elle a chanté dans sa langue. Elle a dansé et nous a fait danser aussi.

Le soir, j'étais crevé. Je me suis endormi avant même d'avoir touché l'oreiller. Au milieu de la nuit, cependant, je me suis réveillé. Il y avait comme un petit paquet qui pesait sur mes pieds.

J'ai ouvert un oeil. Pour la première fois depuis dix-huit jours, Ric dormait sur mon lit.

Table des matières

Achevé d'imprimer
sur les presses de Litho Acme inc.

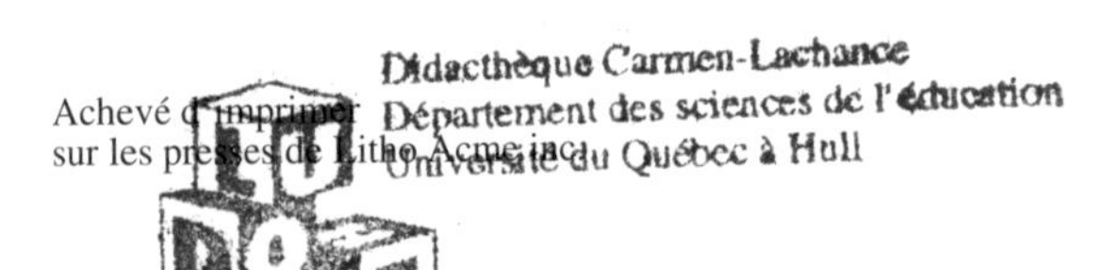